가을 근방 가재골

홍신선

1944년 경기도 화성에서 태어났다.

1965년 『시문학』 추천을 통해 시인으로 등단했다.

시집 『서벽당집』 『겨울섬』 『삶, 거듭 살아도』(선집) 『우리 이웃 사람들』 『다시 고향에서』 『황사 바람 속에서』 『자화상을 위하여』 『우연을 점찍다』 『홍신선 시 전집』 『마음經』(연작 시집) 『삶의 옹이』 『사람이 사람에게』(선집) 『직박구리의 봄노래』 『가을 근방 가재골』, 산문집 『실과 바늘의 악장』(공저) 『품 안으로 날아드는 새는 잡지 않는다』 『사랑이란 이름의 느티나무』 『말의 결 삶의 결』 『장광설과 후박나무 가족』, 저서 『현실과 언어』 『우리 문학의 논쟁사』 『상상력과 현실』 『한국 근대문학 이론의 연구』 『한국시의 논리』 『한국시와 불교적 상상력』을 썼다.

서울예술대학, 안동대학교, 수원대학교, 동국대학교 교수를 역임했다.

녹원문학상, 현대문학상, 한국시협상, 현대불교문학상, 김달진문학상, 김삿갓문학상, 노작문학상, 문덕수문학상 등을 수상했다.

파란시선 0098 가을 근방 가재골

1판 1쇄 펴낸날 2022년 5월 20일
지은이 홍신선
디자인 최선영
인쇄인 (주)두경 정지오
펴낸이 채상우
펴낸곳 (주)함께하는출판그룹파란
등록번호 제2015-000068호
등록일자 2015년 9월 15일
주소 (10387) 경기도 고양시 일산서구 중앙로 1455 대우시티프라자 B1 202-1호
전화 031-919-4288
팩스 031-919-4287
모바일팩스 0504-441-3439
이메일 bookparan2015@hanmail.net

ⓒ홍신선, 2022, printed in Seoul, Korea

ISBN 979-11-91897-19-7 03810

값 10,000원

가을 근방 가재골

홍신선 시집

시인의 말

그간 다섯 해 가까이 썼던 작품들을 한자리에 모아 엮는다. 작품들 대부분이 가재골 우거에 와 묻힌 뒤 만든 이야기들이다. 그동안 나는 이곳 푸나무와 뭇짐승들, 그리고 갖가지 자연현상들을 무슨 경전처럼 받들고 읽었다. 두두물물(頭頭物物)이 지닌 의미와 값을 내 나름 읽고 새겨 보려 한 것이다.

이제 작품 만드는 일이 갈수록 쉽지 않다. 한 갑자 시를 쓰고 보니 쓰잘데없는 관성도 생겼다. 또 시의 언술이 설명으로 툭 빠지기도 한다. 탓은 나이 탓밖에 할 게 없다. 이다음 과연 시집 하나 더 문세(問世)할 수 있을까 저어된다. 앞으로도 작품이야 만들 터이다. 시가 나를 끌고 가기도 하리라.
차(嗟)라. 평생 시의 길에 선 나그네는 그 발걸음 멈출 수 없는 게 숙명인 것을.

임인년 초봄
가재골 우거에서

차례

제1부

매화 곁에서

―절구(絶句) 풍으로

하늘가에는 결가부좌 튼 고요의 무릎을 차지한
새벽이 길고양이처럼 앉아 있다.
그렇게 무릎 빼앗긴 저 고요 속에는
숱한 멸망과 죽음이 그냥 매몰돼 있을 것이다.

끝자락 겨울 고요가 저리 살에 저리더니 매화 피었다.
아무리 시절이 맵고 시려도 향기는 팔지 않는다는
그 꽃들
오늘 고요가 갓 발굴해 낸 듯
소름 으스스한 얼굴을 펴 들었다.

폐위된 군주처럼 새벽이 꼬리 감추고
간밤 잠 설치며 면벽한
이 마을의 고요는
얼마나 더 서슬 돋군 정신을 내게 채굴해 줄 것인가.

초열의 나날들에서

이 폭염 속 쥐어짜는 누군가 있어
나는 탱탱한 물주머니처럼 하루 한두 말씩 땀을 쏟는다.
몸이란 세상 뜨면 벗어 버릴 한낱 빈 포대일 뿐인데
오늘도 나는 이 물주머니를 마냥 끝 나무 그늘에 내놓
는다.
한낮엔 그냥 한 뭉치 불꽃이 되어
마을의 뭇 나무들이 제 푸른 불길 속에서 탄다.
나는 비린내에 생물은 입도 안 대고 살아왔는데
나는 불판 위에서 성한 목숨 눌러 죽인 일 없는데
나는 길고양이 사료통의 일개미들 불볕에 내놓아 태웠
을 뿐인데……
불 지른 누구누구 있어 이 건곤이 초열지옥에 든 것인가
기후악당국 몇몇 악당이 이 지옥을 열어 놓았는가
마당 끝 벚나무 밑에 다만 쥘부채 하나로 기대앉아
나는 초라한 물 포대 구석구석을 쥐어짜
지난 팔십여 년의 주취(酒醉)와 마음 시끌시끌한 일들
말질로 되는데
만절(萬折)의 일만 굽이 휘돌아 나오며 그 고비고비를
헤집어

죄지은 악업과 헛된 말들을 불사르는데

내 안의 내가 홀로 곱씹어 내뱉는다.
언젠가 명계로 드는 심판이란 이런 것인가
생애고(生涯苦)의 정화란 이런 것인가.
머지않아 가을이 오고 또 가고
이 여름 초열(焦熱)의 모진 심판을 견딘 나무들이
다 타고 난 재 수북이 쌓듯 낙엽 떨구고
그렇게 정화 뒤에 나 또한 뒤늦은 귀가인 듯
총총히 한랭한 적막 속으로 다시 들어가리라.

이 낙화 세상을 만났으니

—

　몸을 열면 깊은 강물이 들여다보이던
　꽃 만개한 벚나무가
　기어이 거품 부글대는 출렁이는 물결들을 정신없이 쏟고
섰다.

　바람 한 오라기 없는 공중에
　서로 앞서거니 뒤서거니 어깨 부딪치고 때로는 누군가의
등판 짚고 뛰어오르기도 하며
　웬 억하심정인지 무슨 앙숙인지 섭섭한 속내 깊이 삭
이는 건지
　땅 위에 닿도록
　지는 꽃잎들 태허 정적인 양 일체 기척 없이 내려앉는다.
　두두물물(頭頭物物)이 제 나름 모두 속뜻이 있거니
　두어라 적막도 하나의 소리이고 전언이니
　전언이 자욱이 깔린 저 허공,
　허공을 쥐어짜 이 마을에
　뜻 오독한 문장을 내걸고 있는 나는 누군가.

　일철 돌아오며 빈 전가(田家)에서
—　이 낙화 세상을 만났으니 나는 홀로 나를 만나

벚나무 몸 안의 범람하는 강물 소리를 진종일 듣는다

●일철: 농사일하는 철.

봄비 소리에는

봄비 소리에는 이런이런 아직도 자기 시대에 동떨어진
줄 모르는 늙은 사내
혀 차는 소리 어리둥절한 말소리

봄비 소리에는 이건 삼류다 삼류야 누덕 진 알몸으로 동
네 구거(溝渠)지에
몰려선 갈대가 저희끼리 푸념하는 소리

봄비 소리에는 오줌 줄 놓친 누군가의 낭패한 얼굴이
들어 있고

왼종일 내리다 내리다 한참은 기척 없이 딴짓하곤 또
으아 하고 내리는

봄비 소리에는 거기 어중이떠중이 고달픈 민초들 수수
백 년이 들어 있다.

가을 새벽 잠 깨어 보면

　돌아누운 내 등 뒤로 굽이치는 맑은 강물 소리
　범람하는 실솔들 울음소리에
　이내 잠도 꿈도 몽땅 떠내려가 버리고
　고요에 귀를 대이면 이 고요를 강탈해 더 깊은 고요에
가 터놓는
　경로당 앞 고목의 낙엽 흩는 소리.

　누군가 먼 길 가는 신발이라도 찾아 신나 보다.
　고래실 건넛집 안뜰에 불이 환하고
　나도 이제는 마음 툭툭 털어 가진 것 모두 내려놓아야
하리,
　실솔들의 강물 소리 말라 잦고
　지닌 잎들 다 떨구어야 비로소 헐벗은 제 본래에 돌아
가는
　겨울 적막 앞에 마악 서기 직전 나무처럼.

　가을 새벽 잠 깨어 보면.

막돌도 집이 있다

주워 모은 잡석들로 터알 배수로 돌담을 쌓는다. 막 생긴 놈일수록 이 틈새 저 틈새에 맞춰 본다. 이렇게 저렇게 지만 뜻 없이 나뒹굴던 돌멩이가 틈새를 제집인 듯 척척 개인으로 들어가 앉는 순간이 있다. 존재하는 것치고 쓸모없는 건 없다는 거지, 그렇게 한번 자리 찾아 앉은 놈은 제자리에서 요지부동 끄덕도 않는다.

사람도 누구나 어디인가 제 있을 자리에 가 박혀 오 돌담처럼 견고한 칠십억 이 세상을 이룬다.

내 안의 절집

이 가을 찬비에 온몸 쫄딱 젖은 늙은 고양이가
절집 처마 끝에 은신해 그 비를 긋고 있다.

명부전 뒤 으늑한 어느 땅이 생판 모를
한 포기 민들레를 가부좌 튼 무릎 위에 앉히고
서로 체온을 나누며 서로의 온기로 시간을 말리며
화엄 하나 이룬 것을
또 그 옆에는 고목이 고색창연한 제 슬하를 비워
담쟁이덩굴 두어 가닥 거둬 양육하는 것을

내 안의 어딘가 그런 절집 하나 찬바람머리 부슬비 속
그린 듯 앉았다.
이건 내 세월도 아닌데 적막을 착취하는 이 비는 언제
그칠 것인가
속울음 삼킨 고양이마냥.

송뢰를 듣다

긴 계곡 너덜경의 낙락장송 까마득한 우듬지에
문득 짙푸른 등허리를 뒤틀어 꼬며 거대한 짐승 한 마
리 튀어나와 운다.

낭비 마라 자신을 낭비하지 마라, 텅 빈 허공 속에 우는
저 소리는 어디서 태어나 어디로 가는지, 기어가다 달려
가다 또 기어가다 결국 하늘 한끝에서 소멸하는 것을, 그
게 누구나의 순식간 부생(浮生)인 것을, 낭비 마라 너 자신
을 낭비하지 마라.

덧없는 마음 위에 올라앉아 나는 홀로 저 울음을 물끄
러미 지켜본다.

골짜기를 짖대기던 돌개바람이 이내 산마루를 넘어가면
몸 푸른 큰 짐승도 문득 종적 없이 없어지고
수수십 년 외틀고 잦뜨러진 낙락한 노송들만
업었던 어린애처럼 등에서 일대의 고요를 털썩털썩 다
시 내려놓는다.

신 우공이산

　고작 전공서의 복사본 아니면 영인본, 시집들, 그리고
책등이 해진 사전류들만 빽빽한 시실(詩室)에서
나는 두 어깨를 추켜올리며 이따금 긴 숨을 내뱉는다.
　이걸 언제 다 읽어 낼 거나 책 구입도 이젠 영락없는 헛
발질인데
　그동안 읽다가 중도에서 뛰어내린 신간 서적들은 무릇
얼마인가.
　밀쳐 둔 책뿐인가 이 찬비 내리는 산골에 와 살며
　새삼 앞에 펼쳐 놓은 푸나무들, 가을 새나 뜬구름들을
얼마 남지 않은 앞길에
　나는 언제 다 읽어 낼 것인지 독파할 일인지.
　그런데 우공이산, 연목(年目) 구십에도 큰 앞산 둘을 옮
긴
　우공이 너 아니냐고
　이즘 네 얼굴이 딱 그 낯빛이라고
　내 안에서 누군가 핀잔을 툭툭 던지곤 한다.

●우공이산(愚公移山): 『열자』「탕문」 편에 나오는 고사. 구십 노인이 앞
을 가로막는 태형산과 왕옥산을 파서 옮기려 했다는 일화.

나의 독도법

가을 하늘은 왜 까닭 모르게 서러운가

뜰 앞 주목나무의 초겨울 겨드랑이께
선홍색 몇 알 열매가 숨어 흔들린다.
저 콩알만 한 머리통 속
누군가 들어앉아 지리부도처럼 기억을 펴 놓고 짚어 보
는지
지난 긴 시절과 비바람, 아니 그 옛적 아프게 살 속에 새
긴 나이테를 읽고 있는지
이즘 바람도 없는데 때때로 달그락댄다.

은퇴 뒤 종령(終齡)이 된 벌레마냥 과거만을 굴속처럼
파고들어 가
잠행하며 뉘우치며
독도법인 듯 나는
그 시절 벌거숭이로 놀던 어린 날 개울과 떠돌던 세월,
그 긴긴 방황을 일일이 읽는다.
내 전가(田家)의 추녀 끝
속 다 털리고 우는 풍경처럼
끝내는 천애에 걸릴 내 앞날이 저리 저린 울음을 뱉어

내는가.

가을 하늘 보노라면 왜 영문 모르게 눈물 나는가.

산역 있는 날

간 겨우내 어딘가 깊이 넣어 뒀다 꺼내 입는지
갓 올라와 고뿔 든
풀싹들에게서는 새물내가 물씬거린다.

이 세상에 온 업보라고 지가 가진 재주라곤 그뿐이라고
주어진 천명이라고 저들은 홀로 피다 살다 스스로 지리니,
그러나 제 안에 한 시절은 지옥을 한 시절은 극락을 겪어
도 지 삶에는 지가 주인이었다고……

나는 뉘우치노니 그까짓 거 그까짓 거
그동안 저들 푸새라고 홑옷에 고뿔 들었다고 함부로 여
긴 것
발밑에 무심히 밟아 댄 것을.

산역 끝낸 늙은 연반계원 두서넛 길가에 둘러앉아
이 잔풀나기에 간
망인 뒷얘기나 나누는 오후.

가을 항아리

이 세찬 빗속에서는
텅 빈 항아리일수록 깊고 맑은 소리를 허공에 내뱉는다.

새끼들 위해 이것저것 내려놓다 끝판엔 저마저 내려
놓는
그런 인간도 있다
그가 내 마음 드나들며
적막하게 게워 내는 말소리엔 텅 빈 항아리 몇 뒹굴
러 다닌다.

두어 닢 그늘을 깔기까지는

마을 길섶 느티나무 밑동에 너덜대는 껍질들
길고양이가 발톱이라도 갈았는가 앞발 들어 할퀴었는가
지나는 어느 태풍에 생살 찢기거나
누군가의 가지치기하는 낫날에라도 찍혔는가
그렇게 더께 진 흉터를 숱하게 제 안에 숨기고 보듬어
서야
나무는 암암리에 터득했는지
우람한 한 그루 고목으로 때때로 그늘 두어 닢씩 꺼내
펴 주곤 했다.
이제는 하릴없이 늙어
노골로 선 그 등줄기엔 반들반들
줄곧 세월이 오르내린 길도 나 있다.

사람도 뭇 것들에 두어 닢 그늘이라도 깔아 주기까지는
얼마나 많은 깊게 패인 상처들을 쟁여 안아야 하는가.

블랙아웃에 관하여

석축 돌 틈에 핀 출처 불명의 한 포기 양귀비꽃
일일천하인가 바람 탓인가
진홍색 요염이 하루를 채 넘기지 못하고 진다.
네 갈래 화판이 거열형이라도 당한 듯
그 잔해들 땅바닥에 뒹군다.
저들에겐 단숨에 일체가 탁 꺼지는 블랙아웃이
곧 죽음인 걸
죽음은 누구에게나 그렇게 대천세계가 찰나 캄캄하게
꺼지는 일임을
오늘 나는
양귀비꽃에게서 부질없이 지켜본다.

가뭇없이 지고 난 꽃자리
허공엔
다시 아무 일 없었다는 듯 긴 하루가 걸렸다.

거미줄

이 가을 입구에 웬 글쟁이가 하복부 방적돌기에서 줄 뽑아 쳐 놓은 거미줄 한 편
무엇을 노리고 이 어수선한 시절 흔들리나.

눈먼 독자들 몇몇이나 걸려들어 넋을 빼앗길 건가.

제2부

터알을 읽다

지하 갱 속 대오 잘 갖춘 병마용들처럼
창검을 빗겨 든 풀들이 뚫고 올라온다.

일진이 무너지면 이진이, 다시 삼진이……
계속 올라와 구몰한다.

내 호미 날 일합(一合)에
어깨 어슷 잘린 놈도
혹 실낱같은 뿌리 하나 흙 틈에 붙어 있으면
그 자리서 외레 더 꼿꼿이 일어선다,
함지박만 한 하늘,
저를 점지한 하늘을 머리 위 떠메 이고.

외경하노니 이 지구의 낭심을 움켜잡고 한사코 놓지 않는
병마용들의
저 동물적 맹목의 생명력들을.

나는 오늘도 호미 끝으로
풀들의 대장경을 한 대문(大文) 한 대문 파헤치며 읽는다.

도시농부

수동식 무동력 관리기에 쟁기날을 바꿔 달고
터앝을 간다. 뒷걸음질치다 물컹 기억 하나 밟는다.
멍에 지워 밭갈이하던 그 시절 소 대신
이랴어뎌뎌 이눔의 마음아
겨우 마음이나 앞세워 고삐 당겨 몰며
나는 된힘으로 갈아엎는다.
갈다가 옆으로 넘어지면 쟁기 다시 일으켜 제 고랑에 세운다. 보습밥이 얕게 쏟아지면 다시 몸을 얹어 깊이 갈아엎는다. 더러는 무릎 꿇고 헐거워진 나사를 조인다. 그렇게 멍에 지운 마음을 깊게 얕게 밀고 간다.
설익은 밭갈이에 세월 쏟아붓는
이 집중된 울력을 어떻게든 나는 길들여야 한다.
누가 농사와 선(禪)이 둘이 아닌 하나라고 했는가.
한나절 갈아엎다 보면
일체 잡념들 흙밥에 깊이 묻히는데
위 평전(平田) 아래 평전 거기
그냥 올해도 빈 허공이나 한철 내내 가꾸고 키워야 되리라.
시와 농사가 하나라고
뒤엎은 생흙에서는

32

영문 모를 습작의 풋내가 끊임없이 떠돈다.
보습 날에 뽀드득대며 말 한 줌 곤두박질로
흘러내리는 소리.

●농사와 선(禪): 백장 회해 선사의 어록 중에서.

죄의 빛깔

무릇 산다는 일은 뭇 목숨 노략질하는 노릇이니
이 죄는 하늘 어느 부분에도 빌 자리 영영 없는 극악이
아닐까.
그럼에도 예초기 싫어지고 나는 터앝 밭두둑 깎는데
강한 풀내음 속에는 시산혈해를 이룬
허벅지 잘린 방아깨비, 더듬이 뭉개진 사마귀,
또 무언가의 떨어진 귀때기들.

이 도륙의 죄는 무슨 빛깔일까.
아마도 빛깔로만 치면
날로 야위어 기어가는 도랑 속 물줄기의 등짝,
적막이 고혈처럼 깊게 우러난
그러고도 앙상하게 갈비뼈 드러난
그러고도 마지막까지 기어가다 잦는
가을 물 등허리의 휑한 싯푸른 빛깔은 아닐는지.

열매를 솎으며

그동안 먹었던 과일 하나도
실은 얼마나 숱한 다른 도사리들의 희생과 헌납이
깊이 떠받들어진 것이었는지

간 봄날 쏟아져 나와 천지를 꽉 메웠던
그렇게 잠시 공중에 우르르 몰려나와 얼굴 붉히던 복사
꽃들 지고
꽃자리마다 만원 전동차 안처럼 다닥다닥 매달린 작은
열매들
나는 그걸 솎아 준다고
나뭇가지에 성상(性狀) 좋은 놈 한둘 남기고 다 훑어 내
린다.
그래도 결실 떠안을 놈만은 악착같이 움켜쥐고 매달린다.
그 풋열매는 떠맡은 그대로 이내 제 곳간을 열어 햇볕과
바람
그리고 끝내는 이 건곤마저 들여 쌓겠지.

올해도 잘 익은 복숭아 몇 알의 채과를 위해
얼마나 많은 익지 못할 풋실과들이 죽어야 했는지
솎음을 당해 붕락했는지.

낙과를 보며

완강한 집착들도 꼭지 물러지면 제풀에 툭툭 떨어진다.
옆 것들에게 자리 내준다고
자신을 내려놓는다고
열매들 채 익기 전 잎서거니 뒤시거니 낙하힌다.
더 이상 살 시린 비바람이나 성근 햇볕에 그리움도 관
심도 없다고
등 돌리고 나면
세월도 그렇게 나를 이 세상 밖으로
꼭지 무른 듯 슬몃 내려놓을까

간밤 내내 내 잠의 밑바닥까지 굴러떨어지던
원뢰(遠雷) 몇 수(首) 들더니
허공과 면벽 중인 터앝 복숭아나무
과연 그 밑에 해탈한 낙과들 때 없이 편안하게 뒹굴고
있다.

숨어 사는 뜻은

한적한 대낮에도 이 가을 풀벌레 울음소리가 아득히 깊
은 강물을 이룬다.
나는 그 강물에 짝짝이 두 귀를 꺼내 맑게 씻노니, 씻고
귀명창인 듯
이렇게 들었노니,

녹슨 자드락길 옆 푸설 틈에
저 혼자 정수리마다 안면 누렇게 뜬
동전 십 원짜리만 한 꽃을 황망히 피웠다 지우는 씀바귀
독백을.
지가 가진 재주라곤
꽃이나마 쓰디쓴 고혈 뽑아 올려 피우는
일 하나뿐이라고
누구도 눈길 한번 주는 법 없이 지나가도
홀로 나를 지켜 살 마련이라고
숨어서 허드레로 사는 뜻이 이만하면 됐다고
햇볕에 반짝이는 저 야단법석 법문을.

처서 뒤 나그네들

영락없이 일모도원(日暮途遠) 황망한 나그네의 몰골이다.
처서 지나 뭇풀들이
색을 바꾼 궂은 잎 몇몇 매달고
갓 난 몸 겨드랑이에다 손톱만 한 꽃을 감추거나
이삭들 목을 뽑아 올린다.
이 얼마나 앙증맞은 절망의 기색들인지. 아니다.
이 얼마나 번식욕이 마려운 진지한 얼굴들인지.
차마 저들을 어찌할 수 없어 나는 왼종일
터앝에 와서 귀청 해진 내 귓때기나 내려놓는다
가승(家乘)에 무후(無後)다란 기록 한 줄 지우고 뭉개기
위해
인간도 생평에 된힘에 된힘을 더하지 않는가.
목숨붙이들 누구나 뒷날 세대를 노둣돌 삼아
시간의 텅 빈 통로를 뚜벅뚜벅 걷거나 건너뛰어
영원에 당도하는 게 아닐까
그렇다. 무한 미래를 위해 영근 종자들 속 어딘가 오고
있는
풋내기 나그네들 발소리를
오늘은 이 터앝 고랑에 서서
듣는다.

미처 익지 못한 씨앗을 앞섶 깊이
쟁이고 있는 유별난 늦가을 풀들.

가을 근방 가재골

그예 뒷산 너머 곤두박인 늦저녁 해가
견인되어 끌려 나갔는지
수습 중인 현장에는
닐려 있는 깊이 깨진 구름들에서
뭉글뭉글 솟구치는 아픔
생리혈처럼 얼마나 붉고 선연한가.
마지막을 저 노을에 기대어
붉고 환하게 서녘 하늘 끝을 태워 지고 가는 저이는 누
구인가.
이윽고 어스름 녘이 광폭의 걸개그림처럼
건곤에 걸리고
이 번민 저 아픔에 찔려 쏟아 낸
한 편 또 한 편……
내 시에는 고스란히 지난 세월들이 고여 있어
마지막 내 모니터 화면에 환히 붉게 일렁인다.
머지않아 스무닷새 달 뜨면
놀란 억새들 목을 길게 뽑아
가을을 새삼 만난다는 듯 둘러볼 것이다.
철새들이 그림자도 없이 날아가고
그 울음소리들만이

이 골짜기 세상의 고막 나간 귀들을 구석구석 털어 나
간다.

바람난 길고양이도 떠돌다 돌아오는

툭 홍시 한 점 농익어 떨어지는

상강이 며칠 뒤다.

●가재골: 얼마 전 내가 귀촌한 마을 이름.

눈 개인 아침

흉몽처럼 간밤 내 쏟아진 폭설에 그 순백의 유일 체제에
이 아침 집 앞 빈 터앝이 갇혔다.
저 적막 일색인 습설 밑에서도
기척도 없이 기는 게 꼬물거리는 게 있다.
봉창 삼아 햇볕이 손가락으로 숭숭 뚫어 지어 논
벌레집들엔 수수십 마리 시간이 꼬물거리고
굳은 눈의 폭압 아래
등 낮춰 낮춰 엎드린 밑바닥 고랑으로는
아무도 모르게 숨어 녹아 흐르는 흥건한 마음이 있다
녹아서 마른 지푸라기들 폐비닐도
무릇 차별 없이
흠뻑 스미고 적시는 이 흐벅진 사태는 누구의 보시인가
나를 드러내 주는 누구의 설법인가

눈 내린 아침 나와는 상관없이 지나가던 세상이 일순
여기 멈춰 있다.

김장을 하며

가을걷이 끝난 빈 밭에 뽑다 만 배추가 한결 더 푸르다.

갈수록 시절은 단순해지고

일꾼들 손 시려워 내버린 들녘엔 이내 깊고 긴 추위가 몰려오리니

거실엔 작은 전기스토브라도 피워야 할 일이다.

둥글게 퍼지는 한 뼘 온기에

그동안 쭈그러지고 또 쭈그러진 몸피를 활짝 펴며

나는 한동안 오소소 소름 돋는 행복에 걸터앉을 일이다.

작지만 별것 아닌 열기에도

육신을 녹이며 안락해하는 이 나이

머지않아 스스로 멀쩡한 정신처럼 푸름을 더하던 저 배추들도 뽑히리라.

그리고 비닐하우스 안 쟁여 둔

김장독마다 맛 드는 소리 겨우내 부산하리니

삶이란 세월과 함께 드는 맛이

맵고 쓰고 달고 시큰한 오지독인데

젊음은 무조건 옳다던 내 기억을

멀리 돌아 이제 나도 내면에 섞박지처럼

나를 버무려 넣고 혼자 깊이 우걱우걱 묵히리라.

지는 장미꽃 앞에서

반쯤 무너진 성터에 크고 작은 돌들이 굴러 있다.
어느 것은 허리에 이끼를 묶고 앉아 있고
어느 것은 깨진 입을 멍하니 벌린 채 누웠다.
그렇게 서로 몸을 포개거나 상반신을 허공에 묻은 채
시간만 질겅거리며 씹고 있는 폐석들.

남 늦게 겨우살이 챙기는 입동 철
꽃잎들이 반나마 허물린
내 뜰의 장미 송이는 폐허 직전의 저 소슬한 성곽이다.

까치집 겨울 한 채

터앞 두둑 상수리나무 허리께 까치집 한 채
반나마 허물리다 남았다.
몰락한 어느 뉘 양반집 같다.

한미한 가세에
왼 인생 오곡 농사나 뼛심 들여
받들어 섬기듯 짓고 살았어도.
하늘 천, 따 지는 문장 난 가문이라
서상대로 한 자 한 자 짚어 가며 아침저녁 깍깍 읽었다.

자식 놈 사업에 그예 경매로 넘어갔는지
잘못 만난 시절 앞에
속절없이
가대(家垈) 죄다 내주고 떠난

이 겨울 어느 뉘 집안 퇴락한 가옥 같다,
상수리나무 까치집 한 채.

●서상대: '서산(書算)대'의 방언.

늦가을 잔디밭에서

인근의 허우대 멀쩡한 축들은 위로만 치솟지만
내 집 뜰 잔디야 나날이 시름에 이우는 잔디야
너는 꼿꼿이 곧추세운 허리 서로 둘러 안고
그동안 옆 것들과 성근 스크럼노 짜고 어깨동무도 해
버렸다.
이웃한 닭의장풀이나 바랑이풀들 마디를 펴 마디로 뻗
지만
너는 밟힐수록
거듭 등짝을 일으켜 세워 보란 듯이 이우는구나
이울수록 잔디야
들고 섰던 근심 툭툭 내려놓아
몸피의 투명한 네 안이 날로 환하구나.
그렇게 살며 키 나지막하니 차이 없는 체제 하나의
소국과민(小國寡民)은 아닌
평등한 나라다운 나라를 이룩한 너에게
팔십 나이의 내가 해 줄 수 있는 일이란
고작 흙 몇 삽 뿌려 주는 일뿐 따뜻한 이불 속처럼
겨우내 흙 밑으로 이리저리 두 발 편히 뻗어
저 차고 엄혹한 융동의 험한 시절 건너가
봄 뜰에 다시 나지막이 서게 하는 일뿐임을.

호모사피엔스

그래도 살고자 점지된 목숨이어서
해코지당할까 새끼를 입에 물고 이 도랑 저 굴헝 옮기던
주인 집사가 던져 준 간식 한 조각 입에 물고 곧바로 제
새끼에게 달려가던
어미 고양이 한 마리.

언제부턴가 이 동네 천지에서 그 늙은 식객 고양이가 보
이지 않는다.
구질구질해서 더 귀하고 아픈 이승살이였지만
허름하게 말라붙은 새끼에게 빨리던 빈 젖꼭지를
후미진 풀숲에 몸과 함께 내버리고
저물게 먼 길 가나 보다.
나는 마지막 가는 그의 뒷모습에 무심코 한마디 툭 던
진다.
호모사피엔스도 어미들은 다 그럴 마련이다만
다음 세상엔 인간으로 꼭 태어나거라.

내 공명(功名)은

갓 벼린 닻을 내린 닻별인가
입식 다섯을 세운 금동관인가.
빗발이 석축 돌에 옥쇄하듯 온몸을 깨어 무늬를 짓는다.
저 무늬 하나를 만들고사 이 세상 안으로
비는 그토록 숨차게 뛰어왔는가
헐레벌떡 투신하는가.

그동안 무엇을 이루었느냐
쫄딱 비 맞은 늙은 개처럼 어슬렁댄 칠십 몇 해
내가 만든 건 마지막 얼굴 파묻고 울
먼 하늘의 치마폭만 한 노을과
이즘 맞춰 넣은 틀니 새새로 새어 나가는 허튼 말뿐.
다만 이제사 돌아보는
먼 젊음들은 얼마나 아름다운 것이었나.

제3부

퇴락한 꽃

그 진흙밭 속에서 이해도 득실도 아랑곳없이 다만 이고 지고 모시고 가는 일념만을 올곧게 뽑아 올려 피운 저 연꽃들 이 여름날 얼마나 아름다운가.

이즈막 겉과 속이, 말과 삶이 영 다른 퇴락한 꽃들이 나는 오늘도 신문지상 활자 갈피에서 툭툭 지고 있는 걸 읽는다. 뜻하지 않게 기득권에 안주한 말라비틀어진 내로남불의 헛꽃들, 그래도 지난날 순결한 젊음으로 역사 앞에 핀 적이 있었지.

도처가 살 만한 세상이다

1

양 무릎 단정히 그러안고
쭈그러 앉은 바위가 제 사타구니께 내걸린 물줄기를 들
여다보고 있다.
내려 쏟친 물이,
성대는 그동안 찢어져 묶음인 채 열려 있고
그나마 사내란 물렁물렁한 살일 뿐이라고
해동한 웅덩이 속 고꾸라졌다 솟구치는 물이
때때로 깊은 물렁한 체념을 마알갛게 뒤엎곤 한다.
간 가을 토사들 거둬 낸 자리
가재모양 기를 쓰며 숨는
두세 가닥 물은 긴 뱃구럭에 오글오글 봄을 가득 슬었다.

2

홀몸으로 살다 치매 말기에
요양원에 요양 간,
아니 이 고래실에서 바위처럼 단단했던 사내는
거기 들앉아 난자당한 6.25도 감쪽같이 지웠다고 한다.

다만 그의 빈집에는 주인 대신 세월이

혼자 남아 적막도 없이 기울어져 가는데

골바람이 이따금 집 안팎으로 몽둥이를 휘두르며 드나

들고

덜컹대는 깨진 문짝들 밑으로는

거처 잃은 길고양이만 제집인 양 숨어든다.

사는 게 별수 없이 다 그렇다는 듯

오오냐 오오냐 여기서도 이렇게 살고들 있구나

오오냐 오오냐 여기도 괜찮은 세상이로구나라고

집 담장 뒤 은행나무의 고요에 주저앉았던

칡덩굴이 이따금 바싹 마른 얼굴 내두르며 혼잣말 내

뱉는다.

다시 세상을 품다

간밤 토막잠 밀어내 놓고
새벽 내내
이리 뒤척 저리 뒤척 뒹굴다 보면
끝내 분별 하나가 시오 리 밖쯤 가던 발걸음 되돌려 달려온다.
갈 때는 갈 때고
다시 돌아오는 발걸음이 빠르다.
(아암 그렇지 그랬었구나)
문득 내 머리맡이 환해진다.
그렇게
나이 들수록 속 깊이 마음을 어르고 달래며 다듬고 추슬러
아니 돌려서 생각을 자주 바꾼다.
그럴 때마다
때 없이 서리 묻은 세월의 언저리가
더 시려 와도
밤새
멀찍이 밀쳐 두었던
이 산골 세상을 나는 다시 품에 안을 수밖엔…….

가을 난민

어느 지역에 또 내전이 터졌는지 찌든 걸레처럼 뭇 목숨 쥐어짜는지 꾸역꾸역 남부여대 난민들이 몰려나와 내려간다. 거기서도 여러 고병원성 코로나가 가뭇없이 도는지 아니면 굶주림이나 자폭테러, 무슨 살육이 횡행하는지. 늦가을 차가운 밤하늘을 시린 발끝으로 걷어차며 가는 기러기 떼의 왁자지껄한 웃음소리. 아무리 지옥 같은 앞길도 무엇에 취하면 저리 웃는지, 새 꿈에 한바탕 몽혼이 됐는지 희망이 늘 푸짐한 끼니였는지 떼창으로 날아가는 저들 웃음소리. 가끔은 낯선 길에 미끄러져 몇몇이 나뒹굴거나 서로 몸 붙들고 등 비비며 날아가는 날갯짓 소리.

이 며칠 새 모니터 화면처럼 수천 길, 길 높이 하늘이 걸리더니 거기 철새들 무시로 난민처럼 몰려 내려간다.

코스모스 꽃 피다

늦은 하굣길 때 지어 깔깔대고 재깔거리며
제집 돌아가는 여자애들
하나같이 여덟 꽃잎 팔각의 둥근 얼굴이다.
그리곤 하나같이 단발머리에 책보를 허리께 둘렀거나
왼손에 받쳐 들었다.
저들이 이 나라 가을에 등교해 배우고 가는 건 무얼까.
실밥 하나 걸린 것 없는 허공의 푸름인가. 가을 새들이
길을 닦는
수수십 만 평 하늘인가.
이제 해야 할 방과 후 숙제라면 마른 씨앗 속에
갈무리할 먼 미래에 대한 약속들.
누구는 뇌병변 앓는 아이를 키우고
누구는 큰 덤불 그늘 밑에나 드는 신산한 신세가 아닐
까.
아니다. 더러는 하늘거리는 허리통에
그 시절 뭇 욕망들이 눈독 들이지는 않을까.
그래도 지금 여기 때 지어 나주 녘 하학 길 돌아가며
투명하게 웃는 저 계집애들 웃음소리
낫을 든 내 머리 위로 까르르 까르르 넘어간다.
미련도 유감도 없을지니

여기서 한번 헤어지면 결코 뒤돌아보지 마라 이르는데
허기에 찌들었던 안면을 펴고
선들바람에나 실려서
치열 고른 이빨들을 햇볕 속에 반짝이는
내 기억 속 물결치는 주근께 마른버짐 핀 얼굴
저들 초등학교 동급생들.

간 여름 폭염 끝에
터알 두둑 마악 군락으로 코스모스 꽃들 와 피었다.

촛불은 어떻게 꺼지는가

몸이 안에서부터 허물어지며
촛농이 흥건하게 흐르고
그 중심에는 심지가
불을 매달고 가물거린다.
기름을 빨아올려 이따금 목을 축이는 심지는
때로는 아프게
때로는 아프지 않게
빠지직거리며 타고 있다. 내부에서 한 세계가 뭉텅뭉텅
허물어지는가 보다.
이윽고 무너질 것 다 무너졌는지
모든 걸 접고
그가 고개를 흥건한 촛농 속에 떨군다. 파묻는다.
둥그런 불빛 속에
그간 외쳤던 외침이나 구호도 그만 잦았다.
가뭇없이 일체가 지워진
그가 비워진
자리 이번엔 더 큰 허공이 본래 제 좌석인 듯 와 앉는다.
구호나 자기(自己)도
마음을 모루 삼아
여기 꽝꽝한 고요로 녹이고 벼려 낸 너는 누구인가.

철면피한 소멸이여
본연으로 되돌아가는 이 단순한 이동이여.

포장 박스 한 장

택배 받아 내용물 다 들어내고
빈 포장 박스를 뜯어 해체한다.
당초의 얼개대로 접고 붙인 부분들을
일일이 찾아 뜯고 다시 편나.
사람도 접히고 붙여진 몇 굽이 곡절들로
생을 포장해 미움도 사랑도 담아내지만
언젠가는 여기 이렇게 뜯어 펴는 박스처럼 해체되리라.
다만 길고 짧은 시간 그가 앉았다 간 자리엔
따스한 온기만이 남아 식으리라.
여섯 면의 곽이었던 몸피가 분해되면 납작하게 평면으
로 쭈그러든다.
그렇게 용도 폐기된 상자가 골판지 낱장들로
그동안의 크고 작았던 삶에 상관없이
원래의 면목대로 고물상 한옆에 쌓인다.
반납되곤 한다.

가을 기부 천사

옛다 받아라 부족하면 또 주지
간 봄여름 자린고비로 지냈던
뒷산 자드락 왕벚나무 하나가
저도 기부 환원을 하고 갈 참인지
때마침 부는 골바람에 붉은 잎들을 톤백으로 내쏟는다,
환원은 바로 이런 것이지
이따금 목울대에 깊이 잠긴 이바지 기쁨마저
컥컥 힘들여 토하듯
전신을 뒤틀기도 하며.

수척할수록 고골(枯骨)이 되는 마지막 길에
아무나 있는 거 없는 거 다 내주는 건 아니다.

●톤백: 벼 담는 일 톤짜리 큰 자루.

캐나다 단풍나무

—

못 나무들이 제 안에다 염색공장을 가동하는지
물색 잘 든 두어 필 옷감들을 건져 내다 널고 있다.
미처 못 건져 낸 천들에선
부걱부걱 뻠가옷 거품이 잔뜩 인다, 거기 인견 구겨지는
푸른 소리에
이 아침 나는 마음을 아프지 않게 베는데
하루하루
저 공장에선 선홍빛 염색이 한창이다.

찬바람머리 널 것 다 내다 널고 난
저들의 빈 공장 안엔 수명(受命)만이 휑뎅그렁 남아 소
슬한 건지
이내 너나없이
삭신들만 겸허한 허공에 깊이 못 박히고 있다.

●수명(受命): 천명(天命)을 받아들임.

가을이 붓 한 자루 쥐고

가을이 큰 붓 한 자루 중봉으로 곧추세워 잡고 비질하
듯 길게 긋고 쓸어 낸다.

비질인가 붓질인가 뭘 쓸어 내는 것이냐
내 마음 안마당 길 넘게 쓰러진 무잡한 허환(虛幻)들을
쓸고 또 쓸어 낸다.

그리곤 그 자리 흔적 없이 수수만 평 걸릴 것 하나 없는
하늘을 내다 놓는다.

가을 하늘은

살고자 태어난 목숨은 몇 벌씩 두고 갈아입는 게 아닌데
그나마 한번 빌려 쓰면 버릴 마련인데
하학종이라도 울린 듯 푸새들
간 여름 빌렸던 몸피 다 내버리고 돌아간
텅 빈 가을 하늘이
군소리 하나 없이 높고 푸르다.
나고 죽고 나고 죽는 제 마지막을 선물처럼 받아들고 간
푸새들 누군가가
얼마 전 버리고 간
수수만 평 툭 터진 마음이 저렇지는 않을까.

낙발 한 올

해 질 녘 청소 중에 거실 바닥에서 우연히 집어 든 낙발
한 오라기

이 가는 은색 머리카락에는 언제 그 검었던 빛깔과 젊
음이 죄다 익었는가
삼천 장 아닌 집뼘 넘는 거기 내 삶이 통째로 담겨 있어
빛나는가.

노질의 어느 날 무심코 집어 든 저리 환히 투명한 은발
한 올.

●삼천장(三千丈): 이백의 시 「추포가(秋浦歌)」에서 가져옴.

골 깊은 계곡엔

　
겉늙은 말채나무가
아무렴 그놈이지 틀림없구말구 하는 얼굴로
땅 갗에 닿을락 말락 허리 올려 든 채 누웠다.
그 옆에 이건 아닌데 하는 황량한 기색으로
팽나무도 덩달아 주저앉았다.
산전수전 지나 살날까지
이제 더 겪어 볼 남은 일이라곤 죽어 보는 삶밖에 없다고
뻣센 고골만 드러낸 채
넋 놓고 말라 삭는 갈참나무 고목 한 그루.
누가 전권을 내주었는지
그걸 왜 휘두르는지
아직도 나무마다 팔 몇 가지쯤은
장난삼아 비틀고 뽑아내는 누군가가 보인다.
그렇게 뭇 나무들 사지를
외로 좌로 비틀거나 꺾어 놓은 자
세월이 현장에서 감쪽같이 사라지고
그가 전횡하던 자리엔 휑뎅그렁 적막의 뒷모습만 남았
다.
이건 폭정 체제인가 시간의 체제인가
그렇게 우리의 어느 한 시절처럼

66

수목들 널브러진 골 깊은 계곡.

술래잡기

꼭꼭 숨어라 / 머리카락 보일라 / 꼭꼭 숨어라 / 범장
군 나가신다.
동네 어린이집 어린아이들처럼
나의 마음 안에서는 누군가 또 숨바꼭질을 한다.

술래 노릇하느라 나는
꼬불꼬불 집착의 좁은 골목 집집의 분별을 뒤지며 다
니는데
술래보다 먼저 와 슬그머니 술래집 기둥을 찍는
본래의 나는
그래 그동안 어디에 숨었었는가.

갈림길 모퉁이 막 돌아서 간 저 뒤통수는
여태도 나를 찾는 어느 누구인가
술래인가
바루떼 인경떼 / 삼경 전 고구마 떴다 / 암행어사 출
두야.

즐거운 유희

무슨 내기 중인가 즐거운 놀이인가.
절정에서 여럿이서 혼자서
때도 순서도 없이 뛰어내린다.

노래나 울음도 없이 말귀 못 읽는 짐승처럼
마지막을 위한 투신도
저렇게 놀이처럼 즐겁게 놀고 있는
저들은 누구인가
깜짝 택배처럼 받은 목숨을 끌러 한 시절 환호작약하고
한 시절은 죽음도 유희처럼
즐겁게 놀고 있는 저들은.

해탈이 먼 데 있는 게 아닌걸
나는 이 아침에 본다
고요론 봄날 분분한 낙화들을.

대야미역 대합실에는

역사 뒤 공터엔 마른 좀명아주 몇이 더듬대며 솓아 내고
섰다,
그 안에서 누군가 고두례(叩頭禮)라도 하는지
이따금 바람 없는 속에서도
무릎뼈 덜컹대는 소리들을.

또 깨진 보도블록 속 죽은 매미 시체 속에는
허물어지다 남은 울음소리 한 채가
가는 여름처럼 아직은 주저앉아 있어
서럽다.

백로 지나 가을 한기 시화방조제 너머 무릎걸음으로 기어
내리면
노숙하는 이들 얼굴 하나하나를 재삼 들여다보는
집 나가 실종된 아들자식을 확인하는
어느 아비의 눈 한짝이 옹이구멍처럼 뚫려 있다.
대야미역 대합실에는.

●이미 앞 시집에 수록한 작품을 다시 첨삭 수정했음.

제4부

어느 것이 본래면목인가

갇힌 방 창턱에 두 손 포개 올린 채 넋 놓고 내다보는
초겨울 빗속
이즘 김장밭 무 밑드는 소리에
귀도 깨진
환히 살 마른 늙정이 초개(草芥) 하나
빗발들 사타구니에 고개 쑤셔 박은 채 서럽도록 춥다

오 저게 내 본래면목인가

아니면 유한(有限)의 이 뇌옥에 갇힌 채
성운(星雲)의 광막한 골짜기 너머나
떠나온 집처럼 넘겨다보는
이 마음이 제 면목인가.

새벽 고요는

―

　고요는 그릇이 아니어서 물에 헹구거나 부실 일도 없다

　다만 바람이 들어와
　그의 등짝을 어루만지고 양 겨드랑이에 손을 넣어 추썩
거리기도 한다.

　또 아랫마을 개 짖는 소리가 와 들썩들썩 들쑤시지만
꼼짝을 않는다.

　일체가 변하지만 변한다는 그 사실 하나만은 변할 리
없다고
　시름이 홀로 깨어 먹 갈고
　반야경이나 베껴 쓰는

　그 곁에
　이 새벽녘 고요는 뼈나 근육도 없이
　그냥 그대로 그린 듯 앉아 있다.

―

절집의 가을

마지막 길은 황무한 사막처럼 갈수록 발만 푹푹 빠져
드는데
노구를 이끌고 가던 가을도 힘에 부쳐선지
뒷산 잔등에 잠시 앉아 쉬고 있다.

그간 얼마나 희망 만들기에는 소홀했었는가.
저 아래 절집에서 몇 점 풍등을 띄워 올리는 이는 누
구인가.
건너다뵈는 첩첩의 공제선들 어디쯤이
종천(終天)인가 낙토인가

그렇게 마음 뒷자리를 뒤적이는
그 가을의 등 뒤에서
시간이 누군가의 길고 지루하게 옭매인 생 하나를 풀
어 주고 있다.

몸, 덧없는 몸

인간은 베잠방이 방귀 새듯
가뭇없이 사라지고 뭇 기관 허물어진
짐승인 몸만 그렇게 덧없는 몸만 남았다.

오냐 오오냐 말 안 해도
네 마음 다 안다고 낮은 소리 건네던
향로의 다 탄 무연향(無煙香)이 무시로 떨어져 내리고

밤 이슥해 나와 본 영안실 밖
내 등 뒤 하늘에는
옆구리에 소변 주머니 달고 곡기 끊은
그러나 편안한 얼굴로 잠 깬 구름 하나 떴다.

그 멀지 않은 곳 마침 열여드레여서
누군가 먼 길 채비로 잘 닦아 꺼내 논
신발 한 짝이 유난히 환하다.

그동안 궂은일 다 거두어 간다는 그동안 뭇 인연들 고
맙다는
그니가 마지막 머무는 이승.

삭발

코로나 19 집콕 중에
상빈(霜鬢)과 반백의 두발을 밀었다.
군 입대 시절 빼고 처음으로 삭발한 정수리엔
공제선이 훤히 틔어 오고 이마엔 그동안 숨었던 주름
이 떠올랐다.
세월의 격랑에 밀려다닌
몇 척 멍텅구리배가 그렇게 떴다.
힘겹게 노 저어 온 지난 시절 거슬러 올라가면
힘겹던 가난과 후회막급의 집착과 애증이
외딴 섬처럼 거기 어디쯤 여전히 숨어 떴을까.
그러나 뭉텅뭉텅 낙발들 시원한 바람에 날리고
드러난 민머리는 텅 빈 다락방이다.
그간 때 없이 걸리적거리는 욕심 끌어내고
구석구석 감성들마저 모두 쓸어 낸
빈 다락방, 아닌 머리방

어느 겨를엔가 내겐 마음도 죄다 쓸어 냈구나.

낮달이 뜨는 방식

　—　　　살아서 사람들의 이 가슴에서 저 가슴으로 철벙철벙 물
탕 튀며 건너뛰었던
　　　그의 몇몇 발자국들
　　　사나운 시간의 물결에 덧없이 씻겨 나갈 것인데
　　　사진 속 그가 속없이 장난처럼 웃는다.

　　　영결종천을 고한 뒤
　　　화장로에서 완벽하게 해체되고 난
　　　그는 다시 몇 줌 골분으로
　　　하늘 어느 부분에서 어느 부분으로 또 철벙철벙 건너뛰
어 가는 것 아닐까.

　　　여전 지상엔 지옥철 출근하고 어깨 맞부딪치고 밀치며
아귀다툼하듯
　　　커피 컵 들고 희희덕거리며
　　　세상은 그래도 살 만한 곳이라고
　　　일상은 그래도 즐겁지 않느냐고
　　　인간들 다시 생각 바꿔 더 속 깊이 삶을 껴안는 것을……

　—　　　접객실 밖 서천(西天)에는

슬픔이 마려운,
하지만 꾹 눌러 참고 있는
저 얼굴
초여드레 낮달이 문득 와 떠 있다.

마음이 짓는 일들

죽음과 삶은 하나인가 둘인가.
돌연사한 꾸겨진 작은 휴지쪽 같은 새끼 고양이를 묻
는다.
쌌던 비닐 주머니를 탈관해
구덩이에 넣고 흙을 덮는다.
제 어미 젖이 부족해 늘 보양 간식을 챙기며
내가 달포 넘게 마음을 쏟던
종종 어미 곁에서 몸을 동그마니 말고 울던
그놈이 간밤에 영문 모르게 죽었다.

그렇게 저렇게 내 치장(治葬)은 끝났는데
오호, 어미는 늘 그래 왔듯
또 던져 준 먹잇감 한 점 물고 가며 새끼를 부른다.
저 고양이에겐 삶과 죽음이란 따로 없군.
살고 죽는 것 나고 죽는 게 전혀 다를 거 없는 하나라고
나고 죽음이란
다만 인간이란 물건이 편 갈라 친 것이라고
마음이 한낱 지어낸 일일 뿐이라고
일체가 유유한 그대로 다 유유할 뿐이라고

불현듯 저 어미 고양이 내 안에 들어와
되레 한 수 거든다고 야옹거린다.

갈대는 왜 웃는가

마른 잎 너덜너덜해진 헌 갈대들이
뻘밭 한옆에 긴 목을 뺀 채 기다리듯 섰다
어디쯤서 꺾일 것인가
기다리는 동안 현 하나를 골라
될 수 있으면 낮은 음역대의 줄 하나를 골라
자기 내면에다 걸고 그걸
이 겨울 내내 켤 모양이다.
간 여름엔 속에서 무슨 천불이라도 일었는지
옴팡지게 손톱 갈더니
시퍼런 손톱을 창공에 대고 갈아 대더니
어느 겨를 그 시절 천불이 죄 잦아들어
마르고 야윈 손으로
결국 악기처럼 제 몸을 아프지 않게 뜯을 모양이다.
마디마디 투명하게 삭을수록
기다린 듯 이 고장 손돌바람 속에 얼굴 묻고 켜는
그들에게서
갯벌 울리는 통랑한 반음들이
두어 키 낮춰서도 토악질처럼 쏟아진다.
온 삶의 끝에 와 일궈 내는 울음 아닌 저 소리는
마지막 할 일 다 마친

갈대의 고요에 드는 웃음소리 아닐까.

도깨비바늘을 보며

—

겨우내 길섶 도깨비바늘이 개설한 간이 승강장
그 안전선도 없는 플랫폼에는 때 놓친 객들이 더러 남
았다.
잔가지들이 손 속에 감췄던 가시털 사지창을 빼 들고.
누구의 마음에 박혀 갈 일인지
지나는 바람의 엉덩짝에라도 붙어 갈 일인지
나그넷길 어디서 떠나 어디로 갈 마련인지
그동안의 덧없는 시름에 바삭바삭 말랐다.
대피선 한구석에는 곧 도착할 또 다른 시간을 기다리며
동그마니 둘러앉아 귓속말 수군대는 축들도 있다.
낯모를 여행객들 옷깃에 붙어서 속절없이
어느 대명천지로 갈 채비인지
멸망하는 세대의 징표처럼 나직이 말 나누고 있다.
잔풀나기 길 끝에서 거듭 혹세무민으로 가슴 시끄러운
세상 만날지라도
궁핍한 미래나마 꿰매 봐라
도깨비바늘 잔가지가 아직도 바늘침들을 두어 쌈씩 들
고 섰는
이 마을 길섶의 허술한 초봄 승강장
쉬엄쉬엄 녹아 흘러내리다 만 빈 하늘이

—

84

들끓던 아픈 속내 아직도 식히지 못했는지 희멀건히
떴다.

적막과 한때를

이제는 한낮에도 반려동물이 다 된 적막을 데리고 논다.
내 무릎에 올라와 엎드린
놈의 풍풍한 등짝과 머리를 쓰다듬는
내 손 밑으로 파고드는 체온이 본래 서늘하다.

제 성품 속에 숨어 살던 보살도
안면 한번 바꾸면 나찰로 문득 나톨식라
역병이 창궐하고 나찰들이 온 세상 횡행해도
알겠노니 내 안의 적막은 왜 적막인지
시시때때로 고양이 털 고르듯
놈이 나찰도 보살도 제 혀로 가뭇없이 핥아 지웠기 때
문이다.
파 엎어 버린 탓이다.

됐다 그만, 면벽하듯 네 안의 숨은 나찰과 맞장이나 떠
보라고
이내 적막으로 몸 바꾼 한 마리 낮 시간이
슬그머니 내 무릎에서 내려간다.

●나톨식라: '나토다'의 옛 표기.

86

수선화는 걸레질을 한다

그 걸레부정들 남아 있더니 모두 어디로 갔나.

볕 바른 석축 틈에 돋았던 몇 포기 수선화들
이 전가(田家)에 와 큰 회향(廻向)인 듯
제 몸 걸레 삼아 갖가지 비바람과 갈급한 욕망도
열심히 닦고 또 빨아 닦아 내더니
그러다 꽃줄기도 잎들도 시름시름 삭다가 멸진(滅盡) 되었는지
어느 날 보니
그렇게 후질러진 몇 그루 걸레들 터전이 휑뎅그렁 비었다.
그 텅 빈 자리가 툭 말을 던진다. 너도 푸새들처럼
너를 쥐어짜 이 세상은 그만두고 네 안이라도 걸레질친 적 있느냐
그 무슨 그루터기 닦는 업이라도 쌓은 적 있느냐
(웬 법거량?)

이른 봄 한때 이 전가에 와 걸레질에 바쁘던
그 남아 있던 걸레부정들 모두 어디로 갔나.

이른 봄 풀싹에는

누군가 하늘에 지려 놓은 오줌 몇 방울 같다
저물녘 뒤늦게 북으로 돌아가는 기러기 무리들
저녁 빛에 번지고 스미다 이내 가뭇없이 잦아들 마련인
데
저 새들은
제 날았던 옛길을 제대로나 되밟아 가는지 모르겠다.

저들 뒤쫓아 이 마을에 봄도 이내 오리라.
살 만큼 살았어도 나는 나날의 삶이 늘 낯선 초행길이어
서 헤매는데
뜨내기 새들 저리 익숙한 길 지나가고 나면
때로는 모여서 때로는 사적(私的)으로 얼굴 내민 풀싹
들에
연노랑 초발심을 켜서 불 달리고
나는 허공에 성냥개비처럼 이 봄도 흔들어 끄리라.

소명(召命)

　퇴직 뒤 그는 아파트 동들
　정원석 틈이나 회양목 으슥한 구석에 널린 개똥들을 치
운다.
　아침저녁 동과 동 주변을 돌며
　동글동글 마른 분변들을 배변 봉투에 주워 담는다.
　누군가 반세기 넘어 할 줄 아는 유일한 일이
　시 몇 편 시집에 쟁여 온 것이었듯
　고작 그가 할 줄 아는 단 하나 남은 일이 그 노릇이다.
　모든 누군가가 할 줄 아는 일이란,
　저에게 주어진 소명이란 그런 것이라지만
　이따금 지나던 입 달린 선들바람이
　이런이런 그만하면 됐지
　선들거리며 그의 어깨를 투덕거리기도
　땀 밴 이마를 스쳐 지나가기도 할 뿐
　주민들 누구도 그를 아는 척하지 않는다.
　그가 하는 일을 이 시절 누구도 아는 이 없다.

손에 관한 명상

　왠지 이즘 내 손은 움켜쥐거나 붙잡질 못한다.
　찻숟가락을 집었는데 그놈은 제멋대로 탁자에 떨어져
구른다.
　세면대에서 틀니를 닦다가노 놓친다. 낙하한 타일 바닥
에 쨍그랑 나뒹군다.
　그때그때 실착으로 물건들을 놓치고 나서는
　이건 해탈이다 해탈이야……
　그들의 득의양양 수군대는 소리를 귀 기울여 듣는다.
　내 손아귀에서 풀려나 이제는
　저들도 사는 게 무슨 도구가 아닌 저 자신의 목적이라고
　제풀에 본래로 돌아가는구나.
　노질(老耋)의 이 나이는
　뭇 물물(物物)이나 해탈 삼아 제 본래로 되돌리는 시절
이구나.

　아차차, 이번엔 꺼내던 약병이 뒹굴러 떨어져
　마룻바닥에 털썩 주저앉는다.

Epitaph

여기 시(詩)의 나그네였던 한 사람 잠들어 있다.

왼 인생 말 뒤꽁무니만 따라다녔던 외길 한 가닥의 긴 행로를 접고

뒷날에 묻는 뭇 시편들 남겨 두고

세상에서 내려와 총총히 더 먼 시간 속으로 돌아간

시의 길손 한 사람 여기 쉬고 있다.

'두두물물 화화초초(頭頭物物 花花草草)'와
더불어 사는 일

이찬(문학평론가)

1.

홍신선의 시집 『가을 근방 가재골』은 언젠가부터 두드러진 형세와 윤곽으로 나타나기 시작한 불가(佛家)의 상상력이 그 전체를 아우르는 예술적 성좌(Konstellation)의 빛살로 쏟아져 내린다. 아니, 세상의 온갖 사물들에 감춰진 광명변조(光明遍照)의 자취를 보고 듣고 어루만지려는 심상으로 가득 채워져 있다고 말하는 것이 옳겠다. 이는 "갖가지 자연현상들을 무슨 경전처럼 받들고 읽었다"라는 「시인의 말」에서부터 이미 엿보이거니와, 당대(唐代) 조사선(祖師禪) 어록으로부터 전해져 내려오는 '두두물물(頭頭物物)', 그것에 주름진 "의미와 값"을 더불어 살고 있을 '가재골'에서의 마음 풍경은 이 시집 마디마디에 벼려진 '화화초초(花花草草)'의 만상을 낳는 이미지의 터전이자 동역학의 불꽃으로 깃든다.

주워 모은 잡석들로 터앝 배수로 돌담을 쌓는다. 막 생긴
놈일수록 이 틈새 저 틈새에 맞춰 본다. 이렇게 저렇게지만
뜻 없이 나뒹굴던 돌멩이가 틈새를 제집인 듯 척척 개인으
로 들어가 앉는 순간이 있다. 존재하는 것치고 쓸모없는 건
없다는 거지, 그렇게 한번 자리 찾아 앉은 놈은 제자리에서
요지부동 끄덕도 않는다.

　사람도 누구나 어디인가 제 있을 자리에 가 박혀
　오 돌담처럼 견고한 칠십억 이 세상을 이룬다.
　　　　　　　　　　　　　　　　─「막돌도 집이 있다」 전문

　"존재하는 것치고 쓸모없는 건 없다는 거지"라는 구절에
서 선명하게 나타나듯, 「막돌도 집이 있다」는 '두두시도 물
물전진(頭頭是道 物物全眞)' '두두물물 진로현신(頭頭物物 眞露現
身)' 같은 선어(禪語)들에 스민 '비로자나불(毘盧遮那佛)'의 참
된 광휘를 되비친다. 달리 말해, '두두물물 화화초초(頭頭物
物 花花草草)', 길가의 이름 모를 꽃 한 송이와 풀 한 포기조
차도 모두가 부처이며, '비로자나진법신(毘盧遮那眞法身)'을
이루고 있다는 화엄의 세계상을 아로새긴다고 하겠다.
　'화엄경(華嚴經)'이 '잡화경(雜華經)'이란 다른 말로 일컬어
질뿐더러 '대승 경전의 꽃'으로 추앙되고 있다는 사실을 다
시 세심하게 되살피면, "주워 모은 잡석들", "막 생긴 놈",
"나뒹굴던 돌멩이" 같은 허접한 존재들을 표상하는 이미
지들이 이 시편에서 돋을새김의 필치로 나타날 수밖에 없

는 까닭을 단번에 직감할 수 있을 듯하다. 마찬가지로 이들이 "틈새를 제집인 듯 척척 개인으로 들어가 앉는 순간"이란 우리와 더불어 살아가는 세계 삼라만상 전체가 상호 의존성의 그물을 짜고 엮는 인연생기(因緣生起)의 무궁무진한 현상들이자, 이른바 연기법(緣起法)의 보이지 않는 사슬에서 오는 무량한 사건이자 존재임을 암시의 조각술로 현시한다.

가령 시집 곳곳의 모퉁이에 들어박힌 "바람 한 오라기 없는 공중에/서로 앞서거니 뒤서거니 어깨 부딪치고 때로는 누군가의 등판 짚고 뛰어오르기도 하며"(「이 낙화 세상을 만났으니」), "명부전 뒤 으늑한 어느 땅이 생판 모를/한 포기 민들레를 가부좌 튼 무릎 위에 앉히고/서로 체온을 나누며 서로의 온기로 시간을 말리며/화엄 하나 이룬 것을"(「내 안의 절집」), "오오냐 오오냐 여기서도 이렇게 살고들 있구나/오오냐 오오냐 여기도 괜찮은 세상이로구나라고/집 담장 뒤 은행나무의 고요에 주저앉았던/칡덩굴이 이따금 바싹 마른 얼굴 내두르며 혼잣말 내뱉는다"(「도처가 살 만한 세상이다」), "볕 바른 석축 틈에 돋았던 몇 포기 수선화들/이 전가(田家)에 와 큰 회향(廻向)인 듯/제 몸 걸레 삼아 갖가지 비바람과 갈급한 욕망도/열심히 닦고 또 빨아 닦아 내더니/그러다 꽃줄기도 잎들도 시름시름 삭다가 멸진(滅盡) 되었는지/어느 날 보니/그렇게 후질러진 몇 그루 걸레들 터전이 휑뎅그렁 비었다"(「수선화는 걸레질을 한다」) 같은 '연기(緣起)'와 '보시(布施)'의 무늬들을 살뜰한 눈길로 다시 매만져 보라.

저 무늬들은「수선화는 걸레질을 한다」에 나타난 '법거량(禪問答)'의 전형적 사례로 운위되는 운문문언(雲門文偃)의 '똥막대기(乾屎橛)'(僧問雲門 如何是佛 門云乾屎橛: 어떤 스님이 운문 스님에게 물었다. "무엇이 부처입니까?" 스님이 말씀하시길 "마른 똥막대기니라.") 문답법이나, 조주종심(趙州從諗)의 그 유명한 '뜰앞의 잣나무(庭前柏樹子)'(趙州因僧問 如何是祖師西來 師曰 庭前柏樹子: 한 스님이 물었다. "무엇이 조사가 서쪽에서 오신 뜻입니까?" "뜰앞의 잣나무다.") 공안(公案)과 결부된 것으로 보인다. 나아가 이들의 근저를 이루는 '법신불' 사상에서 유래하는 것으로 파악된다. 달리 말해, '청정법신 비로자나불(淸淨法身 毘盧遮那佛)' '원만보신 노사나불(圓滿報身 盧舍那佛)' '천백억화신 석가모니불(千百億化身 釋迦牟尼佛)'로 일컬어지는 불가의 삼신불(三身佛) 가운데서도, '부처나 중생이나 국토나 할 것 없이 일체의 모든 것은 비로자나불의 화현'[1]이라고 보는 '법신불' 사상을 어슴푸레한 분위기로 새겨 넣고 있다는 것이다.

　따라서 이 시집에 등장하는 무수한 자연 사물의 형상들은 단순한 시적 이미지를 넘어서, 불가의 사유와 교리들을 순도 높게 응축한 상호 반조(返照)의 별자리로 빛난다. 나아가 '법신불'을 이루는 저토록 비루한 동시에 고귀한 불성으로 에둘러진 '두두물물 화화초초'의 이미지들이란 최근 귀착한 '가재골'에서 시인이 그야말로 청정한 몸과 마음으로 더불어 살아가고 있음을 방증하는 징표일 것이다. 아니, 불

---

1 카마타 시게오, 『화엄경 이야기』, 장휘옥 역, 불교시대사, 2015, pp.66-67.

법(佛法)에 이르려는 간절한 그리움으로, 치성을 올리는 수도자처럼 살고 있기에 나타날 수 있었을 것이 자명하다. 어쩌면 시인은 백장 회해(百丈懷海) 선사 이래 조사선(祖師禪)의 승려들이 견지했던 '하루 일하지 않으면 하루 먹지 않는다(一日不作 一日不食)', 곧 '낮에는 일하고 저녁에 수행하는 평상선(平常禪)과 여래선(如來禪)을 주축으로 수행 체제를 확립한'[2] 이른바 '선농불교(先農佛教)'의 계율을 '가재골'에서 더불어 사는 삶으로 봄소 실천하고 있는지도 모른다.

"두두물물(頭頭物物)이 제 나름 모두 속뜻이 있거니/두어라 적막도 하나의 소리이고 전언이니/전언이 자욱이 깔린 저 허공,/허공을 쥐어짜 이 마을에/뜻 오독한 문장을 내걸고 있는 나는 누군가."(「이 낙화 세상을 만났으니」) 같은 형상들에 격렬한 침묵으로 응집된 것처럼.

2.

고작 전공서의 복사본 아니면 영인본, 시집들, 그리고
책등이 해진 사전류들만 **빽빽한** 시실(詩室)에서
나는 두 어깨를 추켜올리며 이따금 긴 숨을 내뱉는다.
이걸 언제 다 읽어 낼 거나 책 구입도 이젠 영락없는 헛
발질인데
그동안 읽다가 중도에서 뛰어내린 신간 서적들은 무릇

---

2 원오 역해, 『백장록 강설』, 비움과소통, 2012, p.5.

얼마인가.

　밀쳐 둔 책뿐인가 이 찬비 내리는 산골에 와 살며

　새삼 앞에 펼쳐 놓은 푸나무들, 가을 새나 뜬구름들을

　얼마 남지 않은 앞길에

　나는 언제 다 읽어 낼 것인지 독파할 일인지.

　그런데 우공이산, 연목(年目) 구십에도 큰 앞산 둘을 옮긴

　우공이 너 아니냐고

　이즘 네 얼굴이 딱 그 낯빛이라고

　내 안에서 누군가 핀잔을 툭툭 던지곤 한다.

　　　　　　　　　　　　　　—「신 우공이산」 전문

　시인은 『열자(列子)』「탕문(湯問)」편에 등장하는 '우공이산 (愚公移山)' 우화에 빗대어, "얼마 남지 않은 앞길"을 고고학 적 성찰의 깊이로 되살리려는 실존론적 기투를 벌이고 있 는 듯 보인다. 나아가 매일 마주하는 뭇 존재들에게 자신의 힘과 정성을 남김없이 내어 주려는 사람에게서만 뿜어져 나오는 '노겸(勞謙)'의 광휘를 여생의 시간 곳곳에 빼곡히 드 리우려는 수행자의 길로 접어든 것이 분명해 보인다. 첫머 리에 등장하는 "고작 전공서의 복사본 아니면 영인본, 시집 들, 그리고/책등이 해진 사전류들만 빽빽한 시실"이란 그 의 실존에 휘감긴 시력(詩歷)의 깊이와 더불어 그 '공들임의 함수'에 포개어진 시간의 주름을 현시한다. 또한 "밀쳐 둔 책뿐인가 이 찬비 내리는 산골에 와 살며/새삼 앞에 펼쳐 놓은 푸나무들, 가을 새나 뜬구름들을/얼마 남지 않은 앞길

에/나는 언제 다 읽어 낼 것인지 독파할 일인지" 같은 구절들은 시인이 청년 시절부터 늘 관심을 가져온 불가의 공부를 '알음알이'로 표상되는 지식의 높낮이 차원이 아닌, 한결같은 수행의 실천인 '용맹정진'의 태도와 자세로 살고 있음을 적시한다.

도가(道家)의 한 갈래를 이루는 『열자』의 '우공이산' 우화에서 우공(愚公)과 지수(智叟)라는 이름을 다시 곰곰이 헤집어 보라. 이들의 겉면에서 드러나는 어리석음이나 지혜로움과는 정반대로 펼쳐지는 역설적 맥락들이 우리 생으로 다시 진격해 올 수밖에 없음을 예감할 수만 있다면, 당신은 이 시집에 켜켜이 쌓인 실존론적 시간의 깊이와 더불어 저토록 깊고 깊은 인연생기(因緣生起)의 가느다란 실마리나마 붙잡게 된 셈이리라. 또한 공덕(功德)이란 말로 호명될 수 있을 저 '오래된 미래'의 둔중한 시간성의 아이러니가 뒷자리로 밀려닥칠 수밖에 없음을 깨닫게 될 것이다.

따라서 시인이 새롭게 펼쳐 보이려는 '신 우공이산'이란 '사람이란 꾸준히 노력하면 산과 바다라도 옮길 수 있다'[3] 라는 교훈적 설법의 평면적 차원에 머무르지 않는다. 오히려 '계속하시오!'[4]라는 실천 명제로 표상될 수 있을 '충실성(fidelité)'의 윤리학이라는 좀 더 깊은 사유 맥락과 접속되어 새로운 차원으로 진화한다. 「신 우공이산」이 건네려는 궁극

---

3 열자, 『열자(列子)』, 김학주 역, 연암서가, 2011, p.234.
4 알랭 바디우, 『윤리학』, 이종영 역, 동문선, 2001, p.108.

적 전언이란 결국, 언젠가 우리 모두 당면하게 될 노년의 생을 어떻게 살아야만 하는지에 관한 진중한 물음을 거듭 강제하기 때문이다.

이와 같은 맥락에서, "그런데 우공이산, 연목 구십에도 큰 앞산 둘을 옮긴/우공이 너 아니냐고/이즘 네 얼굴이 딱 그 낯빛이라고/내 안에서 누군가 핀잔을 툭툭 던지곤 한다"라는 마무리 구절들을 다시 한번 느릿느릿 음미해 보라. 십여 년 전 '김달진 문학상' 수상 소감으로 시인이 직접 발설하기도 했던 '반상합도(反常合道)'라는 지극한 아이러니에서 이 구절들이 기원함을 알아챌 수만 있다면, 시집 곳곳을 가로지르면서 아슴아슴한 분위기로 아롱진, 경건하면서도 아름답고 둔중하면서도 허허로운 삶의 비의와 그 '감응의 빛살' 아래 우리 마음 한 자락을 넉넉히 내어 줄 수 있으리라. 나아가 불가의 역설적 수사법을 드넓게 활용한 진득한 사유의 깊이와 더불어, 겹겹의 아이러니로 번뜩이는 자기 성찰의 오롯한 분위기를 고스란히 감수할 수 있을 것이다.

그리하여, '반상합도'를 '일반 통념과는 상반되지만 바로 '참'에 부합하는 일이나 경우',[5] 또는 '상식을 뒤집음으로써 진리를 보여 주는 것이며, 선불교의 가치에 기반한 것'[6]이라는 시인의 말을 온몸으로 느껴 보라. 시인이 여생의 푯대 위로 내건 '신 우공이산'이라는 새로운 기치가 무명(無明)으

5 홍신선, 『장광설과 후박나무 가족』, 천년의시작, 2014, p.130.
6 홍신선, 『서울신문』, 2010.5.26.

로 표상되는 불법의 세계와 '우공이산'으로 빗대어진 용맹 정진의 수행법 사이에서 소리 없이 나부끼는 오롯한 풍경을 마주할 수 있을 것이다. 그리고 이 풍경 아래 숨겨진 참된 성찰의 불꽃을 발견하게 될 것이다.

마찬가지로 이 불꽃만이 튕길 수 있을 첨예한 긴장의 리듬, '반상합도'를 휘감고 도는 '본래면목(本來面目)'의 무궁한 아이러니를 감지할 수만 있다면, 당신은 이 시집 한가운데 깃늘인 예술적 정수에 이미 다다른 셈이리라. 어쩌면 시인은 불가에서 활용되는 '반상합도'라는 어휘들 가운데, '返常合道'라는 한자로 표기되는 또 다른 말을 염두에 두고 있었던 것인지도 모른다. 나아가 그것에 응축된 '상리(常理)에 일치하고 도(道)에 합당함'[7]이라는 진의, 곧 범상한 나날의 삶으로 가라앉았다가 돌아와 다시 되비쳐 보아도 직도(直道)에 부합한다는 참뜻을 어른어른한 그림자로 드리워 놓았던 셈이다.

이 시집 마디마디에 단단한 옹이처럼 들어박힌 "폐위된 군주처럼 새벽이 꼬리 감추고/간밤 잠 설치며 면벽한/이 마을의 고요는/얼마나 더 서슬 돋군 정신을 내게 채굴해 줄 것인가."(「매화 곁에서」), "만절(萬折)의 일만 굽이 휘돌아 나오며 그 고비고비를 헤집어/죄지은 악업과 헛된 말들을 불사르는데/내 안의 내가 홀로 곱씹어 내뱉는다./언젠가 명계로 드는 심판이란 이런 것인가/생애고(生涯苦)의 정화란 이런

_____

7 안동림 역주, 『벽암록』, 현암사, 1999, p.226.

것인가."(「초열의 나날들에서」), "누가 농사와 선(禪)이 둘이 아
닌 하나라고 했는가./한나절 갈아엎다 보면/일체 잡념들 흙
밥에 깊이 묻히는데/위 평전(平田) 아래 평전 거기/그냥 올
해도 빈 허공이나 한철 내내 가꾸고 키워야 되리라."(「도시농
부」), "찬바람머리 널 것 다 내다 널고 난/저들의 빈 공장 안
엔 수명(受命)만이 휑뎅그렁 남아 소슬한 건지/이내 너나없
이/삭신들만 겸허한 허공에 깊이 못 박히고 있다."(「캐나다 단
풍나무」) 같은 이미지들을 보라. 그리고 이들에 촘촘한 기세
로 서린 아름다운 앙양(昂揚)의 빛, '청정법신'의 존재로 거듭
나려는 저 눈부신 마음결의 결기를 들여다보라.

　이 구절들의 중핵을 이루는 "서슬 돋군 정신", "생애고의
정화", "농사와 선", "겸허한 허공" 같은 어휘들이 서늘하면
서도 옹골찬 마음의 메아리로 흩뿌리고 있는 것처럼, 시인
은 "얼마 남지 않은 앞길"을 나날의 몸에 붙여 두고 살면서
도 '청정법신'의 자리로 이르려는 "고두례(叩頭禮)", 그 오체
투지의 소리 없는 모험을 불사(不辭/佛事)하고 있는 듯 보인
다. 그리고 그것은 저 머나먼 '숲길(Holzwege)'의 사원에서
이루어지는 것이 아니라, 나날의 삶과 더불어 있는 "내 안
의 절집", 곧 "풀들의 대장경을 한 대문(大文) 한 대문 파헤
치며 읽는"(「터앝을 읽는 일」) 일로 대변될 수 있을 "농사와 선"
이라는 신성한 노동, 그 신실한 나날의 수도 과정에서 행해
지고 있는 것이 분명하다.

　따라서 이 시집의 구석진 모서리에서 또 다른 불광(佛光)
의 별자리로 빛나는 "갈림길 모퉁이 막 돌아서 간 저 뒤통

수는/여태도 나를 찾는 어느 누구인가/술래인가/바루뗑 인경뗑 / 삼경 전 고구마 떴다 / 암행어사 출두야."(「술래잡기」), "깜짝 택배처럼 받은 목숨을 끌러 한 시절 환호작약하고/한 시절은 죽음도 유희처럼/즐겁게 놀고 있는 저들은."(「즐거운 유희」) 같은 유머의 수사학이나 희화화의 이미지들은, 시인이 도달하려는 '법신불'의 감각과 사유에서 기원하는 것이 자명하다. 곧 시인 스스로가 비로자나불을 이루기 위하여 감내해야 할 수행법의 한 살례이자, 공(空)과 가명(假名)과 중도(中道)가 하나로 갈마들 수밖에 없다는 심오한 불법에서 비롯한다는 것이다.

이른바 '공가중(空假中) 사상'으로 명명되는 불가의 진리 수행법은 나날의 차별과 분별심으로부터 일어나는 그 모든 '알음알이'를 바탕에서부터 끊는 자리, 곧 '언어도단 불립문자 심행처멸(言語道斷 不立文字 心行處滅)'에 이르려는 나날의 수양 과정으로 요약될 수 있을 것이다. 이를 나가르주나(龍樹)의 『중론(中論)』에 기대어 풀어 보면, "여러 가지 인연으로 생(生)한 존재를 나는 무(無)라고 말한다. 또 가명(假名)이라고도 하고 또 중도(中道)의 이치라고도 한다. 인연(因緣)으로부터 발생하지 않은 존재는 단 하나도 없다. 그러므로 일체의 존재는 공(空) 아닌 것이 없다.(衆因緣生法 我設卽是無 亦爲是假名 亦是中道義 未曾有一法 不從因緣生 是故一切法 無不是空者)" 같은 표현으로 선명하게 집약될 수 있을 것이다.[8]

그리하여, 우리는 '공가중(空假中)'이 하나의 테두리로 스며들 수밖에 없는 이유와 근거를 '공(空)'은 '연기(緣起)'와 같은 것일뿐더러 '유(有)'도 아니고 '무(無)'도 아니기에 '중도 (中道)'일 수밖에 없으며, 진리 자체를 표현하기 위한 '임의적인 이름(假名)'일 뿐이라는 불법의 맥락에서 찾을 수 있을 것이다. 달리 말해, '인연(因緣)'이 짓는 바인 그 모든 현상은 '자성(自性)'을 갖지 않으므로 '공(空)'이며, '있음(有)'도 아니고 '없음(無)'도 아니기에 '없음으로 있는 것'[9]인 '중도(中道)' 일 수밖에 없다는 것이다. 그것은 '공(空) 역시 자성(自性)을 갖지 않는 것이므로, 다시 공하다(空亦復空)'[10]는 지극한 역설의 언어와 창조적 아이러니의 수사학, 곧 '가명(假名)'을 통해서만 드러날 수 있을 것이 틀림없다.

3.

시인이 청년 시절부터 오랫동안 수행해 온 것이 틀림없을 '공가중(空假中)'의 감각과 사유는, 나날의 굴곡과 깨달음의 진리를 한자리로 불러들이려는 회통(會通)의 사유로 나아가고 있는 듯 보인다. 그리고 그것은 "하나가 아니나 둘을 융(融)하였으니 진(眞)이 아닌 사(事)가 아직 속(俗)이 된 것이 아니며, 속(俗)이 아닌 이(理)가 아직 진(眞)이 된 것도 아니요(夫一心之源 離有無而獨淨 三空之海 融眞俗而湛然 湛然融而而不一 獨淨離邊而非中 非中而離邊 故不有之法 不卽住無 不無之相 不卽住有 不

8 龍樹, 『中論』, 김성철 역주, 경서원, 1993, p.414.
9 김인환, 「스투디움과 풍크툼」, 『글쓰기의 방법』, 작가, 2005, p.255.
10 박경일, 「해체철학의 선구들」, 『동서비교문학저널』 3호, 한국동서비교문학학회, 2000, p.82.

一而融二. 故非眞之事 未始爲俗 非俗之理 未始爲眞也)"[11]라는 말로 풀이될 수 있을 '불일불이(不一不異)', 그 아득한 법문(法門)의 세계와 마주칠 수밖에 없었을 것이다.

이와 같은 '불일불이(不一不異)'를 '둘을 아울렀으면서도 하나가 아니고, 하나가 아니면서 둘을 아우르는 역설의 진실, 비논리의 논리, 비합리의 합리'[12]라는 말에 다시 촘촘히 견주어 보라. 그것은 이 시집 구석구석에 시인 김명인이 주제화한 '적막의 모험'[13]으로 깃든, 그 순결한 마음의 빛살로 반짝이는 "됐다 그만, 면벽하듯 네 안의 숨은 나찰과 맞장이나 떠 보라고"(「적막과 한때를」), "나이 들수록 속 깊이 마음을 어르고 달래며 다듬고 추슬러"(「다시 세상을 품다」), "빗발이 석축 돌에 옥쇄하듯 온몸을 깨어 무늬를 짓는다"(「내 공명은」) 같은 지극한 역설의 '무늬'들을 낳을 수밖에 없기 때문이다. 그리하여, 하나(一)도 아니며 둘(二)도 아닌 지극한 모순형용(不一不二)의 자리에서, 도리어 대극(對極)의 힘과 긴장의 리듬으로 솟아오르는 저 아득한 포에지가 물 흐르듯 태어나는 현장을 다시 천천히 더듬어 보라.

고래실 건넛집 안뜰에 불이 환하고
나도 이제는 마음 툭툭 털어 가진 것 모두 내려놓아야 하리,

11 원효, 『金剛三昧經論』, 이기영 역, 한국불교연구원, 1996, p.25.
12 조동일, 『한국문학사상사시론』, 지식산업사, 1978, p.41.
13 이혜원, 「적막의 모험, 깊이의 시학」, 『문학과 사회』, 2006.겨울, p.434.

실솔들의 강물 소리 말라 잦고

지닌 잎들 다 떨구어야 비로소 헐벗은 제 본래에 돌아가
는

겨울 적막 앞에 마악 서기 직전 나무처럼.

—「가을 새벽 잠 깨어 보면」 부분

간밤 내내 내 잠의 밑바닥까지 굴러떨어지던

원뢰(遠雷) 몇 수(首) 듣더니

허공과 면벽 중인 터알 복숭아나무

과연 그 밑에 해탈한 낙과들 때 없이 편안하게 뒹굴고 있
다.

—「낙과를 보며」 부분

갇힌 방 창턱에 두 손 포개 올린 채 넋 놓고 내다보는

초겨울 빗속

이즘 김장밭 무 밑드는 소리에

귀도 깨진

환히 살 마른 늙정이 초개(草芥) 하나

빗발들 사타구니에 고개 쑤셔 박은 채 서럽도록 춥다

오 저게 내 본래면목인가

—「어느 것이 본래면목인가」 부분

시인이 잔잔한 어조로 들려주고 있는 것처럼, 우리가 제 아무리 '우공이산'의 충실성을 온몸으로 수행한다고 하더라도, "겨울 적막", "해탈한 낙과들", "늙정이 초개"로 비유된 '절대적 타자성'으로서의 죽음이라는 숙명 자체를 우리는 벗어날 수 없다. 따라서 『가을 근방 가재골』에서 빈번하게 나타나는 "헐벗은", "굴러떨어지던", "마른" 등등의 결핍과 하강을 표현하는 말들이 그 심부의 미감을 갈피 짓는 근본 정서로 자리하게 되는 것은 지극히 당연한 결과일 수밖에 없다. 어쩌면 시인은 '죽음을 향한 존재를 앞질러 달려가 보는 결단성'[14]을 이미 오래전부터 자신의 온몸으로 실행하고 있었던 것인지도 모른다.

이와 같은 맥락에서 시인이 "오 저게 내 본래면목인가"라고 나지막이 읊조릴 때, 그것은 하이데거가 '본래적 실존(Die eigentliche Existenz)'이라고 부른 '존재의 목소리(Die Stimme des Seins)'를 그저 받아들이기만 하는 운명적 수동성의 자리에 머무르지 않는다. 오히려 도연명이 「귀거래혜사(歸去來兮辭)」 맨 끄트머리에 아로새긴 '낙부천명부해의(樂夫天命復奚疑)', 곧 '천명을 즐거워하거늘 다시 무얼 의심하리'[15]라는 말로 번역될 수 있을 '운명애(amor fati)'에 다다르려는 순결한 열망을 간직하고 있는 듯 보인다. 따라서 저 결구를 다시 도연명의 「자제문(自祭文)」에 등장하는 '부지런히 일해 남은 힘

---

14 마르틴 하이데거, 『존재와 시간』, 이기상 역, 까치, 1998, p.509.
15 도연명, 『도연명 전집』, 이성호 역, 문자향, 2010, p.271.

을 없게 하였고 마음은 항상 한가하여 천도를 따라 즐거워
하였으며 본분을 따르며 일생을 살아왔네(勤靡餘勞 心有常閑
樂天委分 以至百年)'¹⁶라는 주제문에 결부시켜 본다면, 21세기
한국 시인 홍신선의 「어느 것이 본래면목인가」에서 나타나
는 '운명애'란 도연명이 주제화한 '자연명정론(自然命定論)'¹⁷
과 같은 테두리로 수렴된다고 평할 수 있을지 모른다.

그리하여, 그 누구인들 '죽음'이라는 절대적 불안, 그 벼
랑 끝에 선 마음의 그늘을 "편안하게 뒹굴" 수 있으랴만, 시
인은 "허공과 면벽 중인" "해탈한 낙과들"을 보면서, 죽음
조차도 넉넉하게 수용할 수 있는 마음 수양의 넓이와 자기
성찰의 깊이를 '두두물물'에 덧입히려 하는 것이 틀림없어
보인다. 이러한 마음의 대극(對極), 그 팽팽한 힘과 긴장이
불러일으키는 등락(登落)의 리듬감은 자신의 묘비명(Epi-
taph)을 아래와 같이 새겨 넣는 것으로 나타난다.

여기 시(詩)의 나그네였던 한 사람 잠들어 있다.

왼 인생 말 뒤꽁무니만 따라다녔던 외길 한 가닥의 긴 행
로를 접고

뒷날에 묻는 뭇 시편들 남겨 두고

---

16 도연명, 『도연명 전집』, pp.320-322.
17 리진취엔, 『도잠 평전』, 장세후 역, 연암서가, 2020, pp.274-277.

세상에서 내려와 총총히 더 먼 시간 속으로 돌아간

시의 길손 한 사람 여기 쉬고 있다.

—「Epitaph」 전문

「Epitaph」는 비장하면서도 담박하고 자연스러우면서도 부드러운 허정(虛靜)의 미감과 인생관을 내비친다. 시인은 『가을 근방 가재골』을 생의 마지막 기념비가 되리라고 예감하고 있는지도 모른다. 이 시집의 거의 모든 매듭에서 정신분석이 주제화한 '열반 원칙'의 그림자가 얼비치는 것 또한 시인이 오랫동안 소묘해 온 '마음경(經)', 이른바 '해탈'에 이르려는 간절한 노역(勞役/老役)에서 오는 것이리라. '열반 원칙'을 "바바라 로가 제창하고 프로이트가 받아들인 용어로 내외적인 기원의 모든 흥분량을 제로로 만들거나, 적어도 가능한 한 축소하려는 심리 장치의 경향"[18]이라고 규정할 수 있다면, 그것은 '쾌락과 소멸 사이의 깊은 관계'로 이루어진 것일뿐더러, 이른바 '죽음충동'이라는 무(無)와 소멸로 내딛어 가는 존재의 벡터를 지극히 편안한 열락의 상태로 뒤바꿀 수 있을 매우 모순적인 정신의 움직임을 가리키는 것으로 파악할 수 있을 것이다.

---

18 장 라플랑슈·장-베르트랑 퐁탈리스, 『정신분석사전』, 임진수 역, 열린책들, 2005, p.260.

    따라서 시인은 'Epitaph', 자신의 묘비명을 미리 새김으로써 '해탈' 또는 '열반 원칙'에 도달하려는 자신의 '마음경'을 허허로운 필치로 적어 내려간 것이리라. 이는 생의 마지막 순간이 오는 그날까지도, 시인이 "삶에, 죽음에, 병에, 늙음에 공을 들"[19]이고자 한다는 사실을 암시한다. 또한 '삶과 죽음과 병과 늙음'의 그 무수한 우여곡절들을 빠짐없이 쓸어안을 수 있는 '시'에 한결같이 공들이며 살아가고 있을 뿐더러, 그렇게 살아가리라는 예감을 만인 앞에 슬며시 공표하고 있는 셈이다.

    이와 같은 맥락에서 "세상에서 내려와 총총히 더 먼 시간 속으로 돌아간//시의 길손 한 사람 여기 쉬고 있다"라는 「Epitaph」의 마무리 문양들은 무(無)와 소멸에 이미 도달한 자의 평안과 복록을 뜻하지 않는다. 오히려 "이제는 하릴없이 늙어/노골로 선 그 등줄기엔 반들반들/줄곧 세월이 오르내린 길도 나 있다"(「두어 닢 그늘을 깔기까지는」), "아무도 모르게 숨어 녹아 흐르는 흥건한 마음이 있다"(「눈 개인 아침」), "이따금 목울대에 깊이 잠긴 이바지 기쁨마저/컥컥 힘들여 토하듯/전신을 뒤틀기도 하며"(「가을 기부 천사」) 같은 이미지들로 표상될 수 있을, 세계 삼라만상으로 열리는 보시(布施)의 상상력을 "얼마 남지 않은 앞길"에 몸소 실천하려는 불가의 보편주의를 역설적 필치로 드러낸다고 하겠다.

---

19 김인환, 「문장유단(文章有段)」, 『글쓰기의 방법』, p.250.

4.

    갈다가 옆으로 넘어지면 쟁기 다시 일으켜 제 고랑에 세운다. 보습밥이 얕게 쏟아지면 다시 몸을 얹어 깊이 갈아엎는다. 더러는 무릎 꿇고 헐거워진 나사를 조인다. 그렇게 멍에 지운 마음을 깊게 얕게 밀고 간다.

    설익은 밭갈이에 세월 쏟아붓는

    이 집중된 울력을 어떻게든 나는 길들여야 한다.

    누가 농사와 선(禪)이 둘이 아닌 하나라고 했는가.

    한나절 갈아엎다 보면

    일체 잡념들 흙밥에 깊이 묻히는데

    위 평전(平田) 아래 평전 거기

    그냥 올해도 빈 허공이나 한철 내내 가꾸고 키워야 되리라.

    시와 농사가 하나라고

    뒤엎은 생흙에서는

    영문 모를 습작의 풋내가 끊임없이 떠돈다.

    보습 날에 뿌드득대며 말 한 줌 곤두박질로

    흘러내리는 소리.

—「도시농부」 부분

「도시농부」의 아랫단에 "농사와 선(禪): 백장 회해 선사의 어록 중에서"라는 주석으로 나타난 것처럼, 시인은 '농사와 선이 둘이 아닌 하나'라고 주창한 '선농불교(禪農佛敎)'의 계율을 충실히 이행하고 있는 듯 보인다. 이는 "갈다가 옆으로 넘어지면 쟁기 다시 일으켜 제 고랑에 세운다. 보습밥이 얕게 쏟아지면 다시 몸을 얹어 깊이 갈아엎는다. 더러는 무릎 꿇고 헐거워진 나사를 조인다. 그렇게 멍에 지운 마음을 깊게 얕게 밀고 간다."라고 아로새겨진 노동 현장에 대한 섬세한 세부 묘사에서 이미 엿보인다고 하겠다. 이는 시인이 직접 '농사'를 짓는 고역을 치르지 않고서는, 살아 움직이는 현장감의 역동성으로 결코 되살아날 수 없는 것이기 때문이다.

시인에게 "쟁기 다시 일으켜 제 고랑에 세"우고 "다시 몸을 얹어 깊이 갈아엎"으며 "헐거워진 나사를 조"이는 '농사'의 일이란 "멍에 지운 마음을 깊게 얕게 밀고 간다"라는 형상으로 비유된 '선정(禪定)'에 드는 일과 같은 것일 수밖에 없었을 것이다. 시인은 이번 시집에서 가장 빈번하게 나타나는 소멸과 하강의 이미지들을 집요하게 붙들면서 삶과 죽음에 대한 불교적 성찰, 이른바 '해탈'을 이루기 위한 '공(空)'의 수양을 거듭하고 있긴 하지만, 좀처럼 보이지 않는 모서리에 여전히 갈고 닦고 벼려야 할 자신의 시와 시업(詩業)에 대한 형상들을 빚어 놓고 있기 때문이다. 달리 말해, '농사와 선이 둘이 아닌 하나'라고 말했던 영원성의 스승이 '백장 회해' 선사라면, 이를 이어받은 21세기 시인 제자 홍신선은 "시와 농사가 하나라고/뒤엎은 생흙에서는/영문 모를 습작의 풋내가 끊임없이 떠돈다"라고 읊조리고 있기 때문이리라.

어쩌면 "영문 모를 습작의 풋내"로 표현된 문학청년의 엠블럼(emblem)은 시인의 마음결 그 어느 언저리에 "이 여름 초열(焦熱)의 모진 심판을 견딘 나무들"처럼 살아가려는 젊음의 기백과 투혼이 감춰져 있음을 어릿어릿한 기색으로 건네고 있는지도 모른다. 따라서 이번 시집의 제목 "가을 근방 가재골"에서 '가을'이란 말에 다시 주목해 볼 필요가 있을 듯하다. 특히 '가을'이 천지만물이 소멸하고 사장되는 계절이 아니라, 도리어 세상으로부터 거두어들이고 다시 되돌려주어야 할 고단한 노역(勞役/老役)으로 붐빌 수밖에 없는 시절을 상징하는 말임을 오랫동안 숙고해 볼 필요가 있을 것 같다. "때 없이 서리 묻은 세월의 언저리가/더 시려 와도/밤새/멀찍이 밀쳐 두었던/이 산골 세상을 나는 다시 품에 안을 수밖엔……"(「다시 세상을 품다」) 같은 구절들에 침묵의 그림자로 깃든 대승(大乘)의 실천과 구도의 수행을 좀 더 섬세하게 들여다볼 수 있기 때문이다. 이들을 여전히 지속할 수밖에 없는 실존의 치곡(致曲), 시인 홍신선이 '세상'과 각별하게 맺는 그 살(la chair)의 깊이를 꿰뚫어 볼 수 있는 심안이야말로 가장 요긴한 것일 수밖에 없기에.

따라서 "저들 뒤쫓아 이 마을에 봄도 이내 오리라./살 만큼 살았어도 나는 나날의 삶이 늘 낯선 초행길이어서 헤매는데"(「이른 봄 풀싹에는」), "그러나 제 안에 한 시절은 지옥을 한 시절은 극락을 겪어도 지 삶에는 지가 주인이었다고……"(「산역 있는 날」), "마디마디 투명하게 삭을수록/기다린 듯 이 고장 손돌바람 속에 얼굴 묻고 켜는/그들에게서/

갯벌 울리는 통랑한 반음들이/두어 키 낮춰서도 토악질처럼 쏟아진다"(『갈대는 왜 웃는가』) 같은 구절들을 다시 눈여겨보라. 이들에서 등장하는 살아 펄펄 뛰는 "봄"과 "주인"과 "통랑한 반음들", 즉 세계 만상이 스스로 자라나려는 힘을 내뿜는 자리에서 소리 없이 밀려오는 '존재의 함성(la clameur de l'etre)'을 당신의 온 감각을 기울여 어루만져 보라.

그리하여, 『가을 근방 가재골』의 뒷자리에서 "낭비 마라 자신을 낭비하지 마라, 텅 빈 허공 속에 우는 저 소리는 어디서 태어나 어디로 가는지, 기어가다 달려가다 또 기어가다 결국 하늘 한끝에서 소멸하는 것을, 그게 누구나의 순식간 부생(浮生)인 것을"(『송뢰를 듣다』) 같은 구절로 표상되는 힘과 긴장의 '소리'를 은은하게 되비치는, 그 역설적 맥락을 꿰뚫을 수 있는 자리로까지 나아가 보라. 저 미묘한 '소리'의 참뜻을 느낄 수만 있다면, "부생"이란 시어에 응집된 개인 주체의 내밀한 참된 깨달음과 더불어, 세상이 모두 인정하는 보람된 '공명(功名)'이라는 양면가치(ambivalence)가 공존할 수밖에 없는 아이러니의 맥락을 감지할 수 있을 것이다. 그리하여, 주체적 깨달음으로서의 선(禪)과 세상 만물로 열리는 중생 구제의 심상이 하나로 겹쳐 빛난다는 사실을 불현듯 알아챌 수 있을 것이다. 아니, 시인이 온몸으로 지속하고 있는 시업(詩業), 그 역설적 노역(勞役/老役)이야말로 불법(佛法)에 이르려는 힘과 긴장의 '소리'로 거듭 뿜어져 나온다는 기묘한 맥락을 좀 더 깊은 안목에서 통찰할 수 있을 것이 틀림없다.

아래 시편의 모서리, "놀란 억새들 목을 길게 뽑아/가을을 새삼 만난다는 듯 둘러볼 것이다"라는 구절의 뒷자리에서 말없이 일렁이는, 더 나은 시와 삶으로 나아가려는 끊임없는 의욕과 열망이라는 극진한 아이러니처럼.

마지막을 저 노을에 기대어
붉고 환하게 서녘 하늘 끝을 태워 지고 가는 저이는 누구
인가.
이윽고 어스름 녘이 광폭의 걸개그림처럼
건곤에 걸리고
이 번민 저 아픔에 찔려 쏟아 낸
한 편 또 한 편......
내 시에는 고스란히 지난 세월들이 고여 있어
마지막 내 모니터 화면에 환히 붉게 일렁인다.
머지않아 스무닷새 달 뜨면
놀란 억새들 목을 길게 뽑아
가을을 새삼 만난다는 듯 둘러볼 것이다.
　　　　　　　　　　　　—「가을 근방 가재골」 부분